2F
1F
バー
バアー
don
B1
生そば
信吉そば
コーヒー
¥200
カレー
¥680
車日
2F
スパゲティ
営業時間 AM11:30～PM9:00
定休日 日曜・祝祭日 (ラストオーダー)
TEL
2F

ぼくはおばけのかていきょうし

きょうふのじゅぎょうさんかん

さとうまきこ 作　　原ゆたか 絵

ある日の、学校のかえり道。
おなじクラスのいじめっ子三人が、こんなことを
いって、ヒデくんとみよちゃんをからかいました。

「ひゅう、ひゅう！

おふたりさん、ラブラブだ！」

「せきもとなり、かえりもいっしょ」

それから、いじめっ子たちは、
こんどはふしをつけて、

でーもねー、
みよちゃんちは
ねー、
おーばーけ、
やーしーき
なんだよー

「ちぇっ。
おといきやがれだわよさ。
これでもくらえ。えいっ」
みよちゃんに石をなげられて、
みんなはさっとにげていきました。
ヒデくんはいいました。
「だめだよ、三つ目じゃない、
みよちゃん。もっと、
女の子らしくしなくちゃ。
これじゃあ、いつか、

みんなにバレちゃうよ。きみの正体が」

「わかった、わかった。これから気をつけるよ。それより、ヒデくん、きょうは、うちにきてくれるんだろう？　ほら、あしたは、じゅぎょうさんかんだからさ。かぞくにも、ちゃんと、おしえてもらわなくっちゃ。たのむよ、ヒデくん。いや、ヒデ先生」

「うん、いいよ」

やがて、ふたりがはいっていったのは——、

木も草もぼうぼうにおいしげり、
あれはてた家でした。
　きんじょの子どもたちが、
おばけやしきとよんで、
こわがっている家です。
「ただいまあ」
「あーら。おかえりなさい」
　どこか上のほうで、
女の人の声がしました。

ヒデくんは、
もうすこしで、こしを
ぬかしそうになりました。

たかい木のえだにまきついたろくろっくびが、
にこにこわらっています。

「お、おばさん。なにやってるの」

「鳥のたまごをさがしているのよ。

おばばの大こうぶつでねえ。れろれろ」

「だめだよ。きんじょの人に
見られたら、どうするのさ」

「はいはい。わかりましたよ、ヒデ先生」

「ったく。だいじょうぶかなあ。

あしたのじゅぎょうさんかん」

さて、家にはいったたみよちゃんは、
「ああ、うざってえ。このかつら」

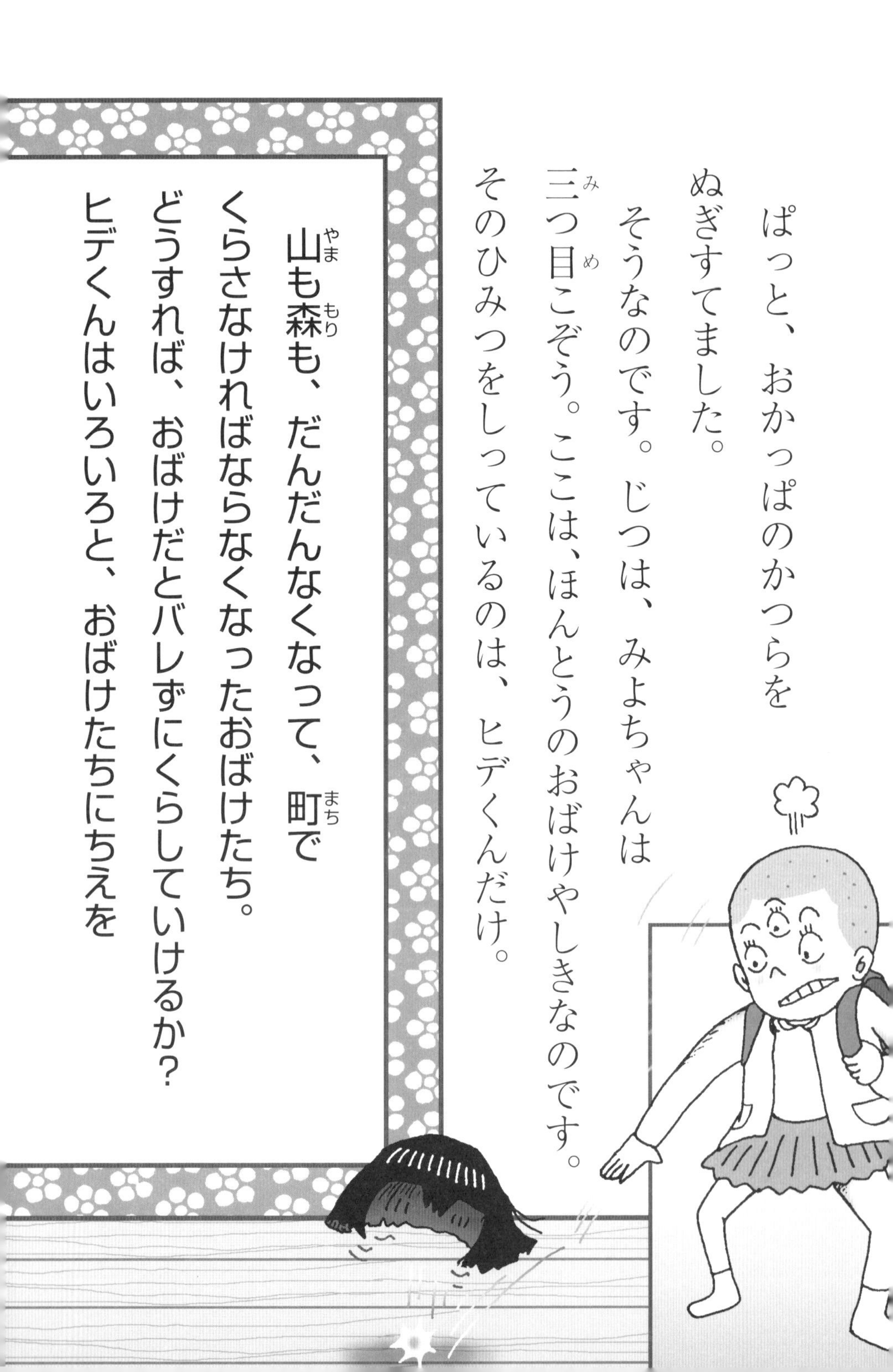

ぱっと、おかっぱのかつらを
ぬぎすてました。
そうなのです。じつは、みよちゃんは
三つ目こぞう。ここは、ほんとうのおばけやしきなのです。
そのひみつをしっているのは、ヒデくんだけ。

山も森も、だんだんなくなって、町で
くらさなければならなくなったおばけたち。
どうすれば、おばけだとバレずにくらしていけるか？
ヒデくんはいろいろと、おばけたちにちえをかしてあげているのです。

つまり、

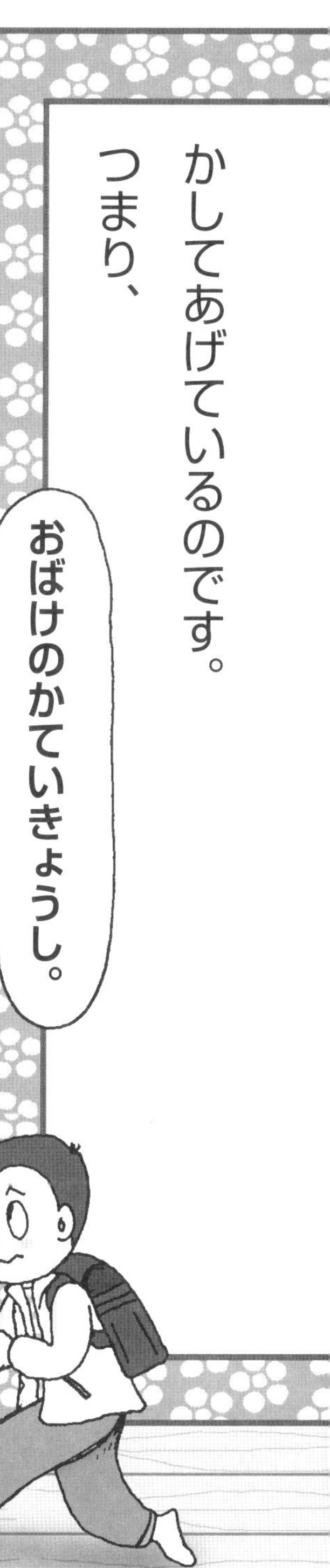

「それじゃ、おいら、ふくをきがえてくるから。おいらのへやで、ちょっとまっててね」

三つ目こぞうにそういわれて、ヒデくんはすすんでいきました。

うすぐらい、長いろうか。ぼろぼろのふすま。

「ぶるる。いつきても、きみがわるいなあ」

三つ目こぞうのへやで、ペットのヤモリをながめていると、

「おまたせ。ああ、やっと、さっぱりしたぜ」

こぼうずのふくにきがえた、三つ目こぞうがやってきました。

そこへ、ろくろっくびが、

「はい、おやつ。きょうは、カエルのひものよ」

「うげっ。そ、それより、おばさん。あしたのじゅぎょうさんかんだけど、そんなきものと、かみじゃだめだよ。もっと、ふつうのおかあさんみたいにしなきゃ」

「ほっほっほ。だいじょうぶよん。
ちゃあんと、へび女さんにたのんで、
ドレスをかしてもらったから。
今、きがえてくるわね。れろっ」

「ド、ドレス？　いやあなよかん……」
ヒデくんの、わるいよかんはあたりました。

バッ
ヒデ先生。
これで、
どうかしらん

「ぜんぜん、だめ！
そんなかっこうで
がっこうにくるおかあさん
なんて、いないよ」
そこへ、がらっと
ふすまがあいて、

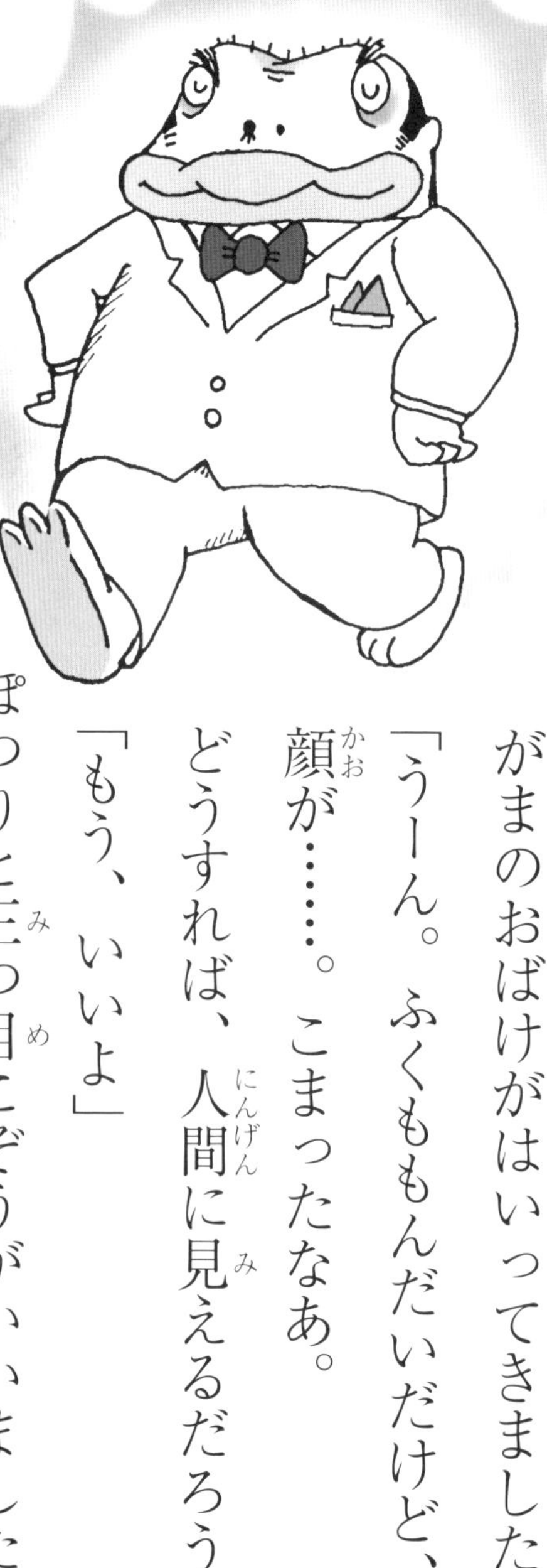

白いスーツに、赤いちょうネクタイをしめた、
がまのおばけがはいってきました。
「うーん。ふくもんだいだけど、
顔が……。こまったなあ。
どうすれば、人間に見えるだろう」
「もう、いいよ」
ぽつりと三つ目こぞうがいいました。
「こなくていいよ、ふたりとも。もともと、むりなんだよ。
ふつうの人間のふりをして、学校にくるなんて。それに、
どうせおいらには、おとうさんも、おかあさんも、いないんだ。

だっておばけは、くらやみの中から、ぽこって生まれるんだもん。ヒデくんはいいなあ。おとうさんと、おかあさんがいて」

三つ目こぞうは、かなしそうにくちびるをかみました。

「そうだったのか。でも、でも」

ヒデくんは、ひっしでことばをさがしました。

「ずっと、いっしょにくらしているんだから、やっぱりかぞくだよ。あしたは、なんとかして、おじさんとおばさんにきてもらおうよ」

「そうともさ。おまえは、わしのむすこじゃい」

「ちょっと、よんでみようかな。てれくさいけど、でも、

思いきって……。　おとうさん」

「むすこよ」

「おかあさん」

「三つ目ちゃん」

三人は、ひしと、だきあいました。

すると、また、がらっとふすまがあいて、首なしのぶしと、まっ白なかみをふりみだした、やまんばがとびこんできました。

「なんとまあ、いい話じゃないか。わしらもぜひ、さんかさせてもらうぞ」

「わしもじゃ。わしらは三つ目の

おじいちゃんとおばあちゃんじゃ」
「そ、そんなあ。これじゃあ、
あしたのじゅぎょうさんかんは、
たいへんなことになるぞ。
どうしよう」
ヒデくんが、頭をかかえた
そのときです。
「あ──っ！　だいじなことを
わすれてた」
三つ目こぞうが、大声を出しました。

「やっぱり、だめだ。だって、ほら、学校では、
チャイムがなるじゃないか」
「チャイムが、どうかしたの？」
ふしぎそうに、ヒデくんは
たずねました。
「うん。じつは、がま…いや、おとうさんは、
かねの音をきくと、巨大化しちゃうんだ」
「きょ、巨大化？」
「あら。あと三十秒で五時よ。
公園のチャイムがなるわ。

ちょうどいいから、
ヒデ先生にも、
見てもらいましょうよ」
ろくろっくびはそういうと、
「さあ、あなた、はやくはやく」
と、がまのおばけの手をひいて、
へやを出ました。
みんなが、はいっていったのは、
ろうかのいちばんおくの、
がまのおばけのへやでした。

「ほらほら、このマルの中に立って」

「うんにゃ。わかっとるがな」

がまのおばけは、たたみの上にかかれた赤いマルの中に立ちました。

「はい、耳せん」

ろくろっくびが、がまのおばけの耳にまるめた紙をつっこみました。

三つ目こぞうが、かべのとけいを見ながら、

「もうすぐなるぞ、4、3、2、1！」

公園のチャイムが
なったのと、
ろくろっくびが、
天じょうからさがっている
赤いひもを、ぐいっとひっぱったのと、どうじでした。

　つぎのしゅんかん、天じょうのいたが、
ぱかっとはずれ──、

むくむくむくっ！

「う、うわあああ！」

ピテくんはびっくりぎょうてんして、

こんどこそ、こしをぬかしてしまいました。

巨大化したがまのおばけの頭は、

二かいの天じょうにとどきそう。

ズズ

「すごいしかけだね。でも、おじさんは
　これからどうなるの？」
「いちど巨大化すると、二時間は
　もとにもどらないんだ」
と、三つ目こぞうがいいました。
「本人は、ねむっているのと、
　おなじなのよ」
「まあ、公園のチャイムは
　とおいからのう。
　このていどで

すんでいるんじゃよ」
「これが、ちかくで、
もっと大きな音で
きこえた日には、
どこまで巨大化
するか……」
「なんとかして
くだされ」
「わしらのねがいを、
かなえてくだされや」

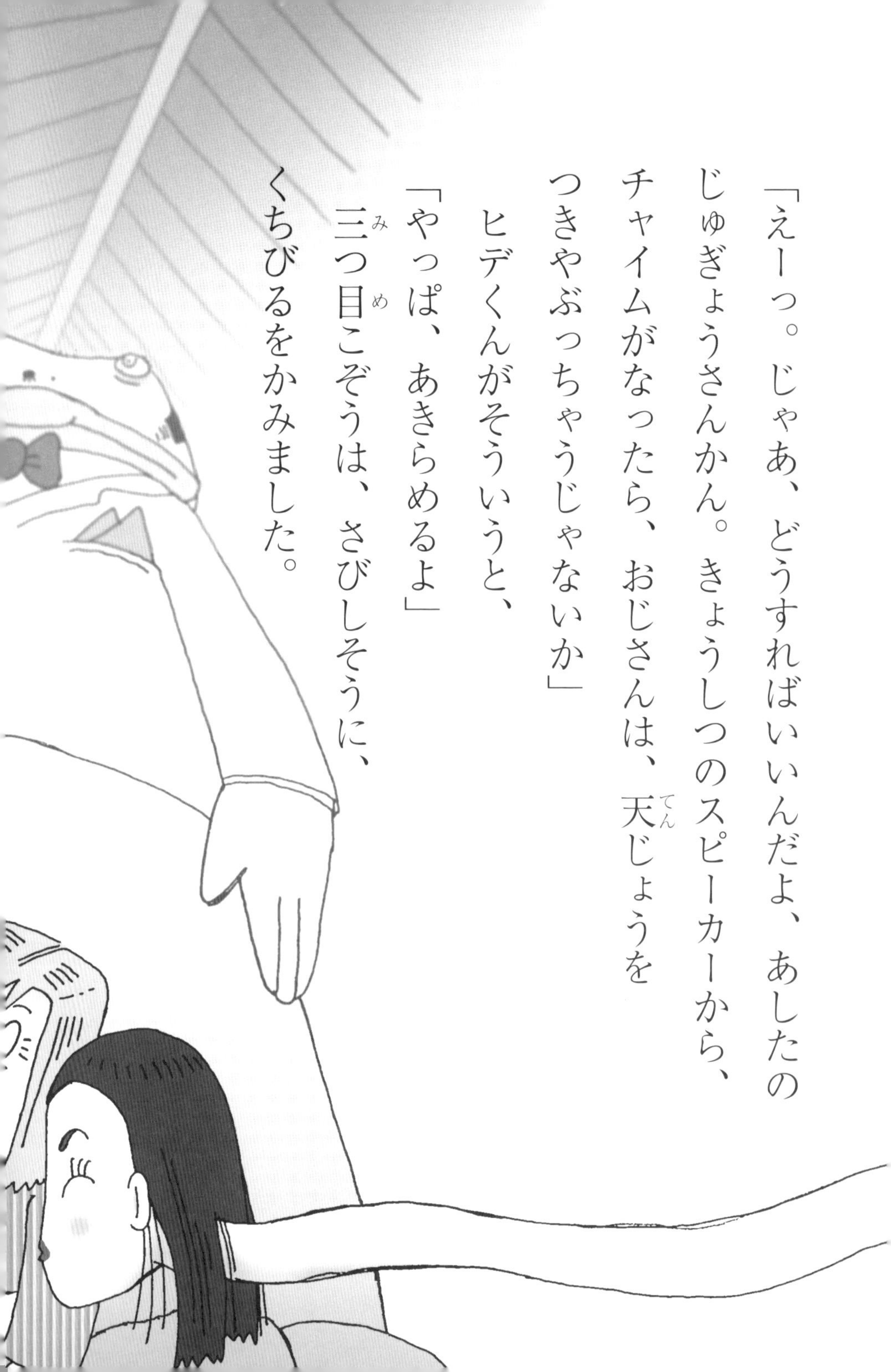

「えーっ。じゃあ、どうすればいいんだよ、あしたの
じゅぎょうさんかん。きょうしつのスピーカーから、
チャイムがなったら、おじさんは、天じょうを
つきやぶっちゃうじゃないか」
ヒデくんがそういうと、
「やっぱ、あきらめるよ」
三つ目こぞうは、さびしそうに、
くちびるをかみました。

ほかの
おばけたちは
口ぐちに、
「ヒデ先生。なにか、
いいかんがえはない？」
「なんとかしてくだされ、先生」
「そういわれても……。
あっ！　そうだ。ひらめいたぞ、めいあんが」
ヒデくんは、みんなをあつめて、はなしはじめました。

そのよく日、
じゅぎょうさんかんの日。

「みーよちゃん。きょうは、
みよちゃんのおとうさんと、
おかあさんも、くるんだろ？」
「どんなおかあさんかなー。
口さけ女かなー」
いつもみよちゃんを
からかう三人組が、朝から、
そんなことをいっています。
「ふんだ。なんとでも

いいやがれだわさ。
三時間目の
じゅぎょうさんかんになれば、
わかるよだわさ」
「ほんとに、
だいじょうぶだろうね。
みんな、ぼくのちゅういを
まもってくれるだろうね」
しんぱいそうに、
ヒデくんはいいました。

「おかあさんは、
ふつうのおかあさんみたいにすること。
おとうさんも、ふつうのふくをきて、
サングラスとマスクをすること。
おじいさんは、首（くび）をちゃんとかたにのせておくこと。
おばあさんは、ほうちょうを
おいてくること、でしょ？
だいじょうぶ、みんな、
わかってるはずだよ。それより、ヒデくん。かんじんの
チャイムのことは、よていどおりだね？」

「ああ。よていどおりさ。たぶん、
ううん、きっとうまくいくよ」

そうして、一時間目がおわり、
二時間目もおわり、十五分休みに
なりました。

ふたりはきょうしつを
出ると、いそいで
かいだんをのぼっていきました。

ふたりが足をとめたのは、

三がいのみどり色のドアの前。
ドアには、「たちいりきんし」
と、かいてあります。
「ここだと思うんだけど……。
とにかく、はいってみよう。
かぎは……よかった！
かかっていないぞ」
ヒデくんはドアをあけ、
でんきをつけました。

せまいへやには、
ひこうきの
そうじゅうしつの
ようなパネルが
ならんでいます。

「やっぱり、ここだ。
前に先生がいっていたんだ。
三がいには、でんきの
コントロールしつがあるから、
はいってはいけませんよって」

ヒデくんが、
大きな赤いスイッチを
たおすと——、
たちまち、
へやの中はまっくらやみ。
「ごめん。まちがえちゃった。
ちょっとまって。
えーと、これかな？」

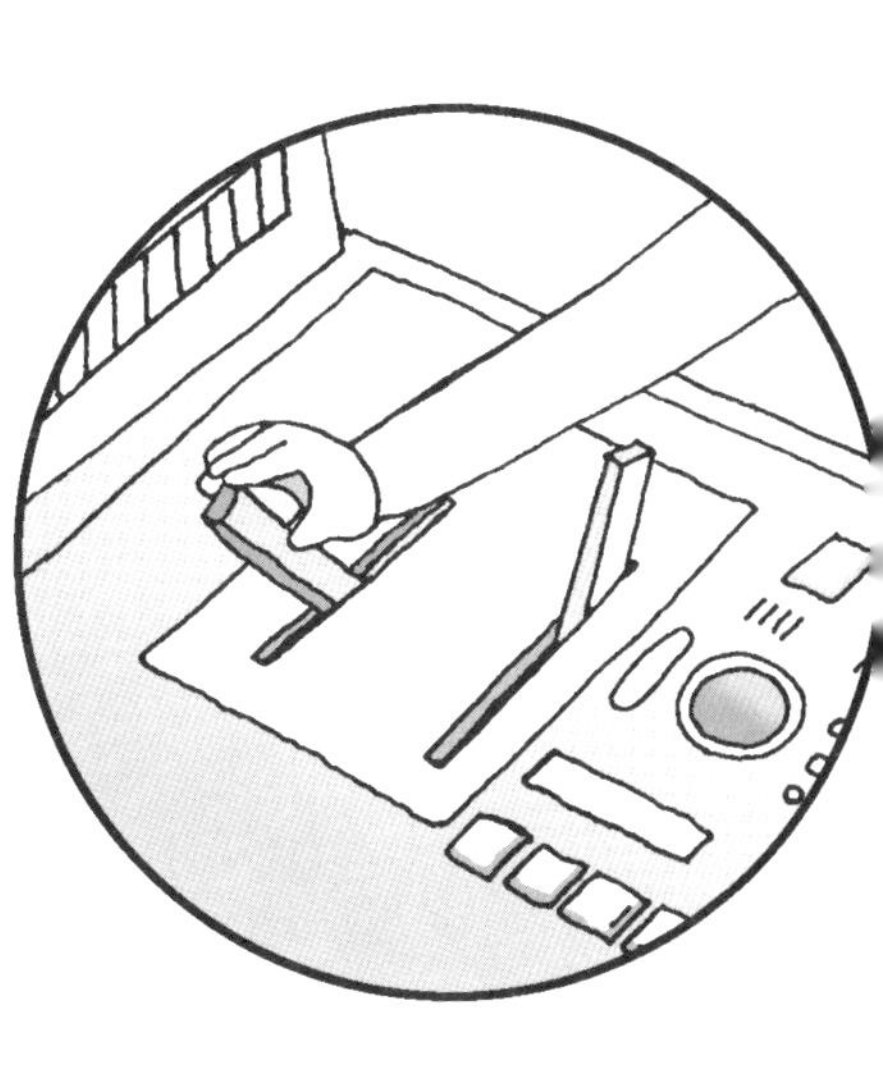

ぱっと、また、でんきがつきました。
「いまのが、でんきのスイッチなら、
チャイムはきっとこれだな？」
ヒデくんは、おなじ大きさの、
きいろいスイッチをたおしました。

「さあ、いこう。あとは、
かみさまにおいのり
するしかないよ」
ふたりがきょうしつに
もどると、

もう、たくさんの
おかあさん、おとうさんが、
うしろのロッカーの前に
ならんでいます。
　ヒデくんのおかあさんと
おとうさんも、きています。
　そして、
みよちゃんの

かぞくも。
「ねえねえ、
みよちゃん。
どれが、みよちゃんの
おかあさんと
おとうさん？」
いじめっ子
三人組が、
ききました。

みよちゃんはとくいそうに、かぞくをひっぱってきて、

「これが、おいら、ううん、あたしのかぞくよ」

「こぞう、いえ、みよがいつもおせわになっています。ほほほ」

ろくろっくびが、にこにこしながら、いいました。

いじめっ子(こ)たちは、

「なあんだ。ふつうのかぞくじゃないか」

と、ひょうしぬけした顔(かお)をしています。

「よしよし。四人(よにん)とも、ちゃんと、ぼくのちゅういをまもっているな。あとは、どうか、チャイムがなりませんように」

心(こころ)の中(なか)でおいのりをしながら、ヒデくんはせきにつきました。

となりでは、みよちゃんが、
「かみさま、ほとけさま、おべんじょのかみさま」
と、ぶつぶつ、ぶつぶつ。
黒ばんの上のスピーカーからは、なんの音もしません。
しばらくすると、首をかしげながら、
花井先生がはいってきました。
「おかしいですね。チャイムがならない……。
さあ、それでは、じゅぎょうをはじめましょう。
三時間目のこくごは、じゅぎょうさんかん
ですから、みんな、はりきってね」

ヒデくんとみよちゃんは、
顔(かお)を見(み)あわせて、にんまりしました。

「うまくいったね」

「これでもう、だいじょうぶだ。

ヒデくんのおかげだよ」

こくごのじゅぎょうがはじまりました。

じゅぎょうさんかんなので、いつもより、ずっとしずかです。

「四人(よにん)とも、ちゃんとしているかな」

ヒデくんは、おばけたちのようすがしんぱいになり、
そうっと、うしろをふりかえりました。

「やばっ」
ろくろっくびが、
うにょーっと
首をのばして、
いちばん
うしろの子の
きょうかしょを
のぞきこんで
います。

ヒデくんは、わざと、けしゴムを、きょうしつのいちばんうしろへころがしました。そうして、それをとりにいきながら、ろくろっくびのスカートをひっぱりました。

「おばさん！　首、首！」

「はっ。いけない。うっかりしてた」

のびていた首はひゅっと、もとどおりに。

「ふう。だれも気がつかないで、よかったよ」
ところが、しばらくしてまた、そうっとうしろを
ふりかえると――、

おじいさんが
ロッカーの上に
首をのせて、
あくびを
しています。

「先生、ロッカーに、ノートわすれちゃった」
大きな声で、ヒデくんはいいました。

「まあ、こまったわね。はやくもってらっしゃい」
ヒデくんは、さっとロッカーの
ところへいき、
「おじいさん！」
「おっと。そうじゃった、そうじゃった」
ヒデくんが、せきにもどりながら、
ちらっと、おかあさんのほうを
ふりかえると、こわい顔。
みよちゃんはというと、いつものように、
まぶたの上に目をかいて、いねむりをしています。

おばけは夜の生きものなので、
ひるまはねむいのです。
「ちぇっ、のんきだなあ。じぶんの
かぞくなのに」
ところが、そのうちに、
おばけたちはたいくつして、
ふらふら、きょうしつを
あるきまわりはじめました。
めずらしそうに、いろいろなものを手に
とったり、黒ばんにらくがきをしたり。

「みなさん、こまります。ちゃんと、うしろで見学していてください」

花井先生が、いくらちゅういしても、しらんぷり。

「なんじゃい、こりゃあ」

やまんばが、きょうしつのたなにある、電動のえんぴつけずりきを手にとりました。

「なに、えんぴつを
けずるきかいだと？
ふん。こんなものを
つかうから、さいきんの子どもは
手さきが、ぶきようになってしまうんじゃ。
どれ、そのえんぴつをかしてみい」
やまんばは、学級いいんのアスカちゃんの
えんぴつをとりあげると、ふところから、
小さなナイフをとりだしました。そして、
ヒデくんにきこえるように、いいました。

「ほうちょうじゃないぞい。ナイフだぞい。

ほれ、こうやって、けずるんじゃ」

「ほんとだ。よく、けずれるわ」

「みよちゃんのおばあさん。

ぼくのえんぴつも、けずって」

「あたしも」

たちまち、やまんばのところに、
子どもたちのぎょうれつが
できてしまいました。

すると、

「おばばかり、人気があって、
おもしろくないわい。おーい。

だれか、わしと、ゆみやであそばんか」

大声で、首なしのぶしがいいました。

男の子たちが、

「おもしろそう」

といって、あつまってきました。

「こうやって、おうぎにまとをかいてな、黒ばんに
はって、このやでうつんじゃ。そりゃっ！」

「すごーい！　まんなかにあたったぞ」

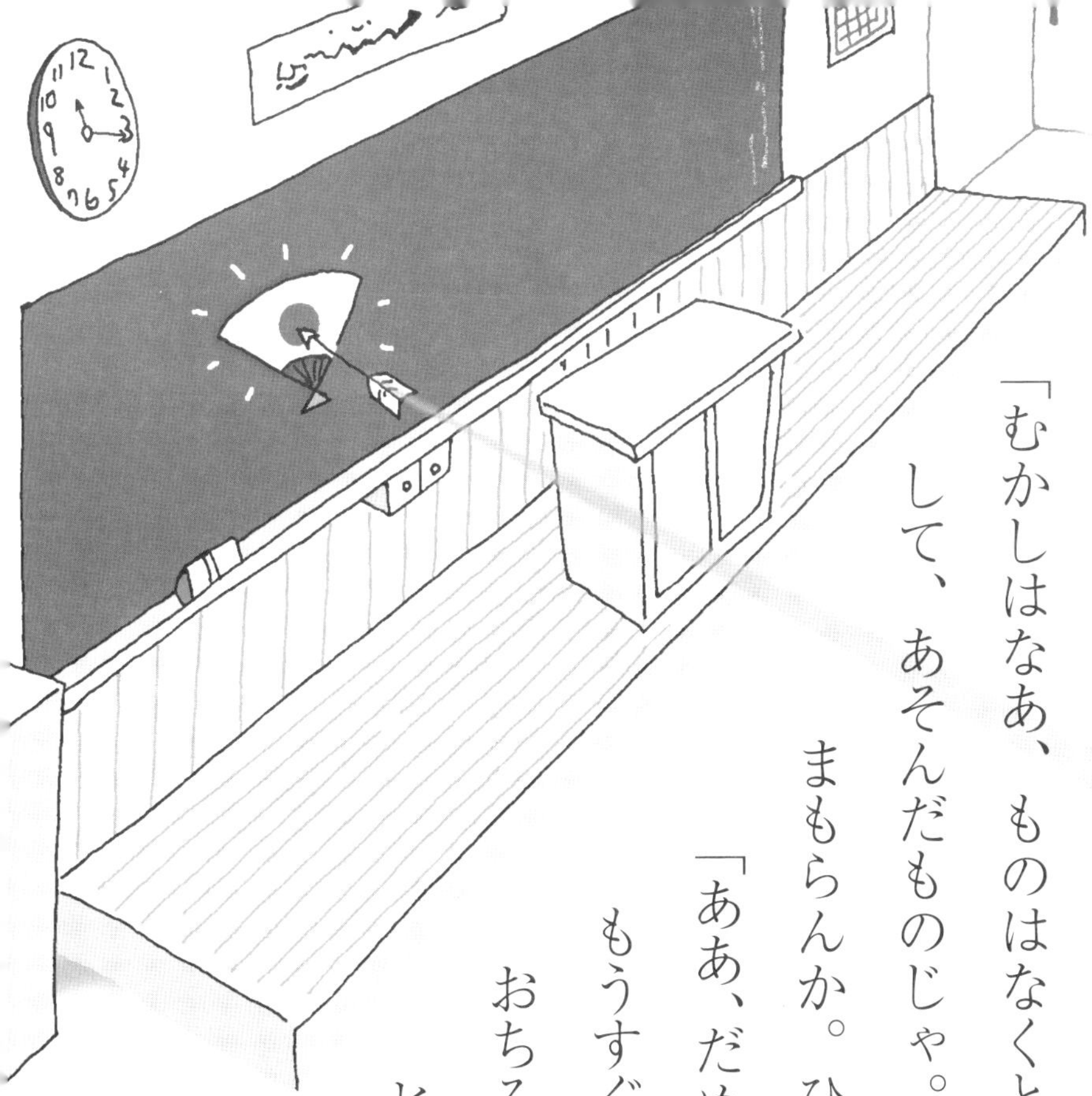

子どもたちは、もう、じゅぎょうはそっちのけで、大さわぎ。

「むかしはなあ、ものはなくとも、いろいろとくふうをして、あそんだものじゃ。ほれほれ、じゅんばんをまもらんか。ひとりずつ、ひとりずつ」

「ああ、だめだ。めちゃくちゃだよ。もうすぐ、先生のカミナリがおちるぞ」

ヒデくんが、頭をかかえました。

すると、

花井先生がにこにこしながら、いいました。
「やはり、お年よりがいると、ちがいますね。
みんなもこれからは、ナイフでえんぴつを
けずれるように、れんしゅうしましょう。
それに、テレビゲームなどがなくても、おもしろいあそび
ができるということが、わかりましたね。そうだわ！」
先生は、ぱんと手をうちました。
「きょうのじゅぎょうさんかんは、こくご
ではなく、ゆとりの時間にしましょう。

みんな、
みよちゃんのおじいさん、
おばあさんに、もっとむかしのあそびを
おしえてもらいましょう」
「はーっ。よかったあ」
ヒデくんは、ほっと、むねをなでおろしました。
「コホン。あのう、わたくしにも、ひとこと
いわせていただきたいのですが。れろっ」
ろくろっくびが、いいました。

「どうして、ひるまなのに
けいこうとうを
つけているんざます？
でんきなんか、

つけなくても、じゅうぶん明るいざますよ。
むかしは、でんきなんか、ありませんでし
たわよ。いまは、夜も明るくて、たいへん
めいわくをしているざます。いえ、あの
子どもたちの目によくないざます」

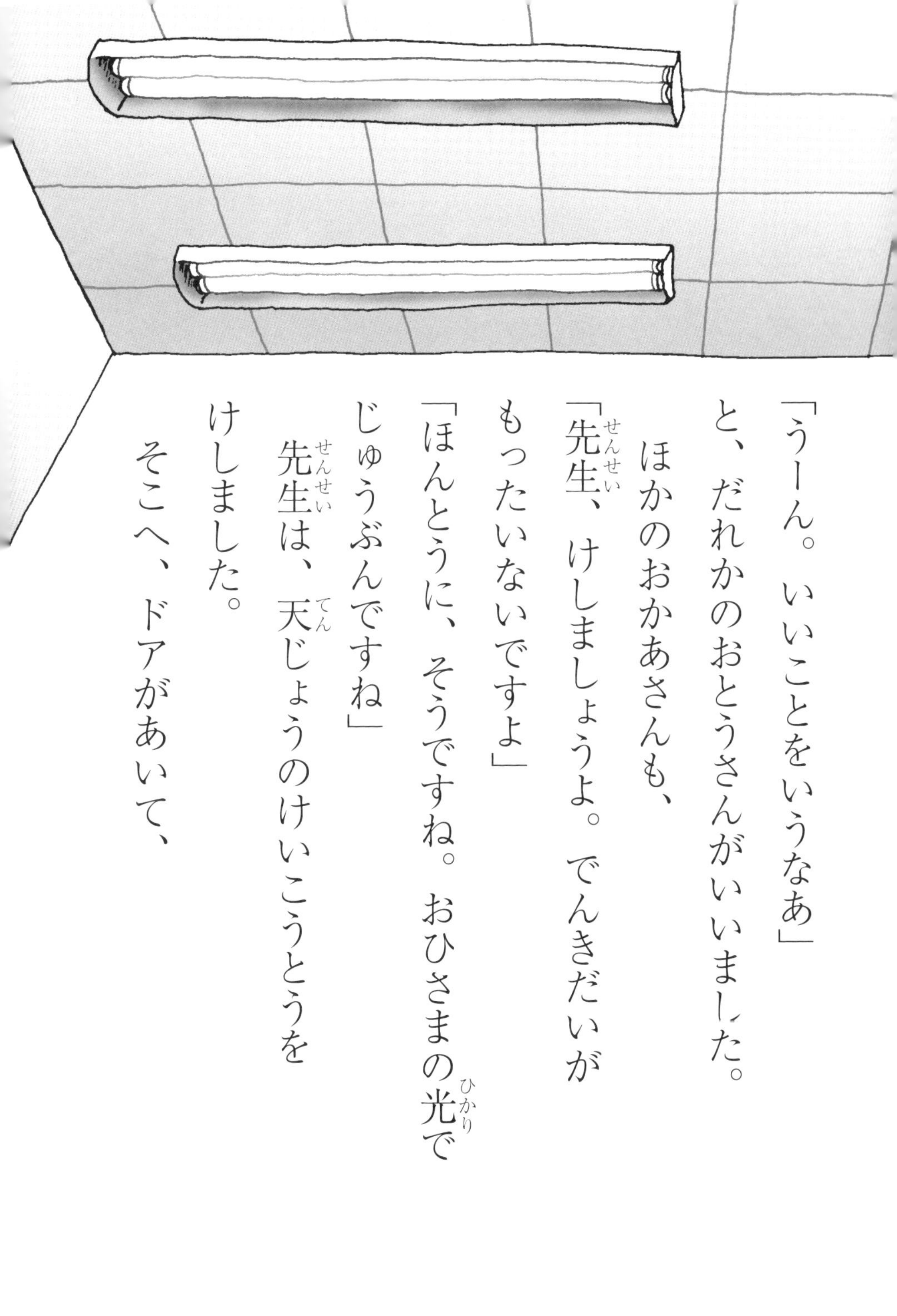

「うーん。いいことをいうなあ」

と、だれかのおとうさんがいいました。

ほかのおかあさんも、

「先生、けしましょうよ。でんきだいがもったいないですよ」

「ほんとうに、そうですね。おひさまの光でじゅうぶんですね」

先生は、天じょうのけいこうとうをけしました。

そこへ、ドアがあいて、

ようむいんさんがはいってきました。ぼうしをふかく
かぶり、マスクをしたようむいんさんです。
ようむいんさんは、先生に、
なにかひそひそ、ひそひそ。
先生はうなずいて、
みんなに、こう
いいました。
「だれかの
いたずら
でしょうか。

チャイムのスイッチが

きられていたそうです。

いま、なおしましたからね。

みんな、たちいりきんしの場所にはいっちゃいけませんよ」

「先生！」

「なんですか、ヒデくん？」

「おしっこ！」

みんなが、どっとわらいだしました。

が、ヒデくんはかまわず、きょうしつをとびだしました。

いったところは、三がいのみどりのドアのへや。
「スイッチをきっておかないと、おわりのチャイムがなって、たいへんなことになっちゃうぞ」
ヒデくんが、
きいろいスイッチに
手をのばした
そのとき、

だれかがうしろから、
ぐいっと手をひねりあげました。
「いたい、いたい。はなして」
「つかまえたぞ。おまえが、いたずらの
はんにんだな。さあ、いっしょに、
しょくいんしつへくるんだ」

それは、さっきのようむいんさんでした。

「いやだ、いやだ。いたたた」

うしろから、
ようむいんさんに
とびかかったのは、
みよちゃん。
「ヒデくん、

いまのうちに、はやくスイッチを」
「わ、わかった」
ヒデくんは、チャイムのスイッチをたおしました。
みよちゃんは、ようむいんさんのかたに
またがって、ぽかぽか頭をなぐっています。
おかっぱのかつらは、すぽっと
ぬげてしまいました。
「いてて。こらっ。やめれ、やめれってば」
と、ようむいんさんのぼうしもぬげ、マスクも
ずれて、その下からあらわれたのは……、

「つ、つの？」
「おに？」

三つ目こぞうは、なぐるのをやめ、
おにのかたからとびおりました。
すると、おにもびっくりして、
なつかしそうに、
「三つ目じゃないか。おまえも山を
おりて、町でくらしているんかい？」
「そうなんだよ。きょうは、
じゅぎょうさんかんだから、
がまも、ろくろっくびも、
やまんばも、首なしもきてるよ」

「え？　がまもきているのか。
あいつにチャイムをきかせたら、
たいへんじゃないか」
「だから、ぼくたち、チャイムの
でんげんをきったんだよ」
ヒデくんが、せつめいしました。
「そういうことなら、おいらにまかせ
とき。チャイムがならない
ように、ここで番をしといてやっから」

「ありがとう。
たのんだよ」
「ああ、よかった。これで、
がまおじさんの巨大化は
ふせげるね。おばけなかまって、
たよりになるね。——ちょっと！
三つ目くん、かつら、かつら」
「やべー。うっかり、わすれる
ところだったよ」
　ふたりがきょうしつにもどると、

みんなは親子（おやこ）で、いろいろなことをして、あそんでいました。うでずもうや、お手玉（てだま）や、おり紙（がみ）や……。

ヒデくんも、じぶんのりょうしんにかけよりました。でもふたりとも、あいかわらず、こわい顔（かお）で、

「ヒデったら、ものをおとしたり、トイレにいったり、おちつかないのね」

「いつも、こうなのか？　がっかりしたぞ」

「あーあ。せっかく、
友だちのピンチをたすけたのに。
ぼくだけ、おこられるなんてえ」
ヒデくんは、大きなためいきを
つきました。

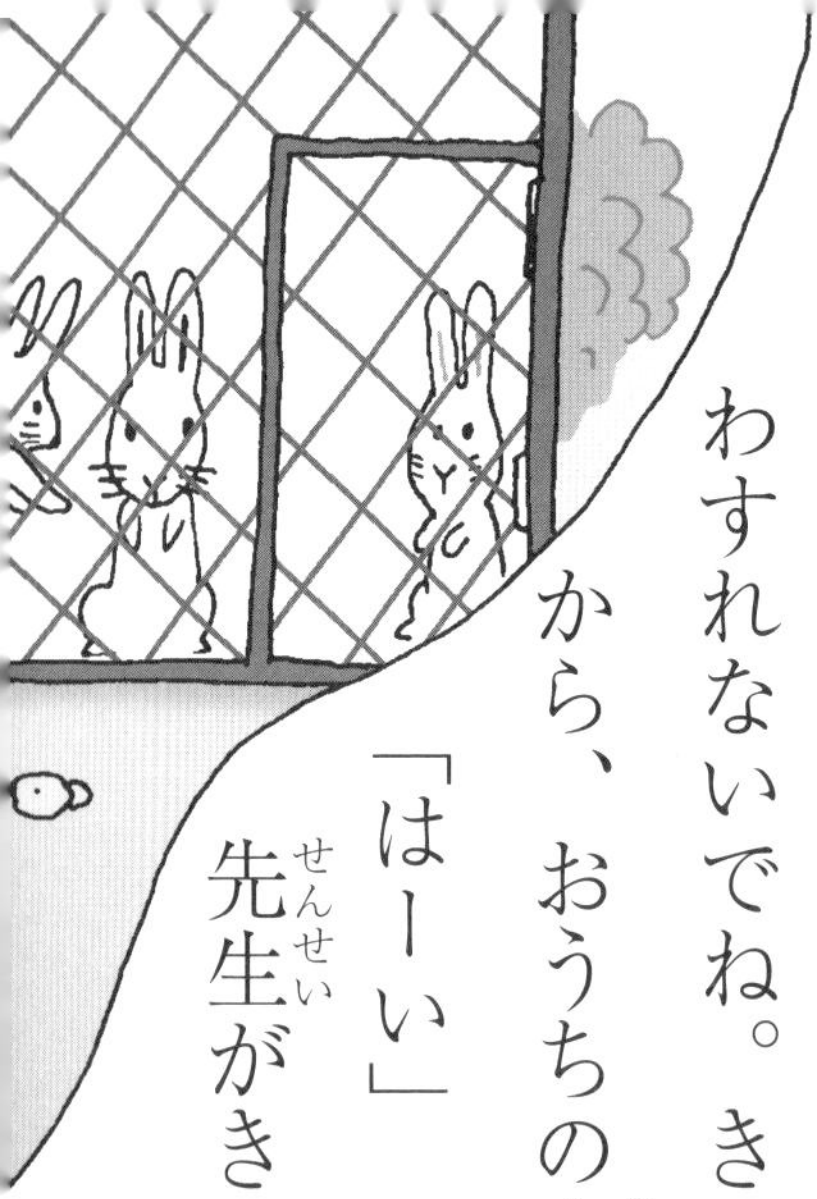

それから、しばらくして、花井先生がちらっと、うでどけいを見ました。つぎに、黒ばんの上のとけいを見あげて、首をかしげました。

「おかしいわ。もう時間はすぎているのに。また、チャイムがどうかしたのかしら。それでは、これで三時間目をおわります。みんな、これからも、むかしのあそびをわすれないでね。きょうは、これで学校はおしまいですから、おうちの人といっしょに、かえってください」

「はーい」

先生がきょうしつを出ていったとたん、ヒデ

くんのおかあさんがやってきました。

「ヒデ。はやくしなさい。家にかえったら、じっくり話をしましょうね」

「あ、あの、その……。ぼく、うさぎ小屋の当番なんだ。だから、さきにかえってて」

ヒデくんは、うそをつきました。

「ほんとうなんでしょうね」

「ほ、ほんとうだよ」

おかあさんがやっと、きょうしつを出ていくと、

「ごめんね、ヒデくん。おいらのために」
「いいんだよ。それより、ぶじにおわってよかったね」
「そうだ。ヒデくん、うちにあそびにおいでよ。家にかえっても、どうせ、しかられるだけだろう」

「そうしようかな。しかられついでに、くらくなるまで、あそんでようっと」

ヒデくんは、みよちゃんたちといっしょに、学校を出ました。

ようむいんさんのおにも、なつかしがって、いっしょにきました。

「よう。たんば山のおにごろうじゃないか」

「なつかしいのう」

「うちでカエルのくしやきでも、どうじゃい」

「おばばのくしやきは、うまいからのう」

そこへ、うしろから、クラスの
みんながおいかけてきました。
あのいじめっ子三人も、
まじっています。
「みよちゃん。あとで、
みよちゃんちにあそびに
いってもいい？」
「おじいさんやおばあさんと、もっとあそびたいんだ」
「あのう、ぼくたちも、いってもいい？」
と、いじめっ子のひとりがいいました。

「いいわよ」

みよちゃんは、

うれしそうにいいました。

「いままでのことは、

ゆるしてやるよだわさ」

「わーい。やったあ」

「じゃあね。おひるを

食べたら、いくからね」

「ヒデくんもこいよな」

「オッケー。じゃあね」

「よかったわねえ、こぞう。お友だちがたくさん、できて。これも、わたしたちが、じゅぎょうさんかんにいったおかげだわよ」

「まあね。だけど、みんな、気をつけてよ。おばけだとバレたら、おいら、また、てんこうしなきゃならないんだからね」

「わかってますってば。れろれろ」

「わしらのひみつをしっているのは、ヒデ先生だけじゃからのう」

そうしてみんなで、

家にかえって、にわにはいったときです。

「まずい！十二時のチャイムだ」

みよちゃんがさけんだ、そのとき——、

ずずずずずーん

巨大化したがまのおばけの大きさは、十メートル、いや、二十メートルはあるでしょうか。目をあけたまま、ぴくりともしません。

「よりによって、にわのまんなかで」

ろくろっくびが、ためいきをつきました。

「十二時のチャイムまでは、気がまわらなかったなあ」

と、みよちゃん。

首なしのぶしとやまんばも顔を見あわせて、

「また、思いっきり、巨大化したもんじゃなあ。なにしろ、耳せんもしていないからなあ」

「このぶんでは、夜中までこのままじゃな」

「もうすぐ、みんながあそびにくるんだよ。
また、おばけやしきって、いわれちゃうよ。
せっかく友だちになったのに」

三つ目こぞうは、頭をかかえました。

「あっ、そうだ。
いいことがある！
ねえねえ、みんな、
こっちへきて」

ヒデくんは、
みんなをあつめて、
なにやらヒソヒソ
ヒソヒソ……。
「なるほど！」
「そりゃあいい！」
「さすがヒデ先生、あったまいい！」
手をたたいて、三つ目こぞうは大よろこび――。

しばらくすると、クラスの
みんながやってきました。
「みーよーちゃん！」
「やあ、みんな。みんなのために、
あそびどうぐ、たくさんよういして、
まっていただわさ。
さあ、どうぞ」

三つ目こぞうは、
門をあけて、
みんなをにわに
あんないすると——、

わー、みよちゃんちって、ゆうえんちみたい!
カエルつりだね
あーぼくんちがみえるぞ
てんぼうだい
わぁ
さすが
ふぇーたかいなー
くうちゅうまとあて
シュー
うはっ
はなげブランコ
すべりだい
きゃははー
ポケットジャンプ台

よかった、よかった。
でも、家にかえれば、
おせっきょうだし……。
ぼく、もう、やめたいよ、
おばけのかていきょうし
よっこいせ
シャカ
シャカ
シャカ
ほうちょうの
ちょうこくで
ほうちょうこく
すげ～
つったカエルは
ふくろっくびが
ひものにして
くれるよ。
カエルいけ

作者　**さとう まきこ**

1947年、東京都に生まれる。上智大学仏文科中退。『絵にかくとへんな家』（あかね書房）で日本児童文学者協会新人賞を、『ハッピーバースデー』（あかね書房）で野間児童文芸推奨作品賞を、『４つの初めての物語』（ポプラ社）で日本児童文学者協会賞を受賞。そのほか主な作品に『犬と私の10の約束　バニラとみもの物語』、『14歳のノクターン』（ともにポプラ社）、『宇宙人のいる教室』（金の星社）、『ぼくらの輪廻転生』（角川書店）、『９月０日大冒険』、『千の種のわたしへ ―不思議な訪問者』（ともに偕成社）、『ぼくのミラクルドラゴンばあちゃん』（小峰書店）などがある。

画家　**原ゆたか**（はら　ゆたか）

1953年、熊本県に生まれる。1974年、ＫＦＳコンテスト・講談社児童図書部門賞受賞。主な作品に「かいけつゾロリ」シリーズ、「ほうれんそうマン」シリーズ、「イシシとノシシのスッポコペッポコへんてこ話」シリーズ、『サンタクロース一年生』（ともにポプラ社）、「プカプカチョコレー島」シリーズ（あかね書房）、「にんじゃざむらいガムチョコバナナ」シリーズ、「ザックのふしぎたいけんノート」シリーズ（ともにKADOKAWA）などがある。

どっきん！が いっぱい 5

ぼくは おばけの かていきょうし

きょうふの じゅぎょうさんかん　　ISBN978-4-251-04325-2

発　行＊2016年6月初版　2020年11月第3刷　　NDC913　87p　22cm

作　者＊さとうまきこ　　画　家＊原ゆたか

発行者＊岡本光晴

発行所＊株式会社 あかね書房　〒101-0065　東京都千代田区西神田3-2-1

電話 03-3263-0641（営業）03-3263-0644（編集）

印刷所＊株式会社 精興社　製本所＊株式会社 ブックアート

MayoRer
SABONNA
2F
居酒屋
青札
口谷店
口谷店
2F
PE PE
ストレス解消
ナス
都
ご宴会
ご商談・ご会合
いもの屋